SHORT SONG

作画　夏みかん

まえがき

この本は、ボクが生きてきた中で出会った人、それは、好きな人であったり友達であったりまた、お年寄りの方であったり目の見えない方であったり、そんな方々との話の中で生まれた短い歌《ことば》です。

ボクはいつもはげまされてばかりなので、今度はボクが少しでも力になれたらなと思いました。

ただ、ボクの力では弱すぎてうまくつたわらないことの方がほとんどだと思います。

ですから、この本を読んでくださったあなたが、あなたの想う大切な人の力になってあげてください。

その力に少しでもボクが役立てたのならとてもうれしく思います。

たくさんの
出会いで生まれた
愛言葉
明日は今日より
優しくなれそう

人との出会いや話の中で優しさをしったりあの時の言葉で救われたりして、人は成長していくのでしょうね。

涙の日

いつでも言うよ
「がんばって」
ボクの小さな
まほうのコトバ

言葉はまほうだね。
人を傷つけたり、
人をはげましたり
いろいろな使い道が
あります。

聞こえるよ
小鳥の声や
飛ぶ姿
ボクはこの手で
伝えてあげたい

目が少し見えにくい方で
あったり、
耳が少し聞こえにくい方で
あったり
ボクの小さな力だけど
色んな音や色が伝える
ことができたらなって思っています。

不器用
な手だけど

ほんの
少しでも

たんぽぽの
わたげのように
さりげなく
あなたの心に
小さく咲きたい

あなたの心に
いつのまにか
咲いている
そんな優しい人に
僕はなりたい

イツモ
アナタノ
ココロニ
サイテ
イルカラ

あなたには
優しい心
あふれてる
見えないものも
きっと見えるよ

ある目の不自由な
おじいちゃんと話を
していて思いました。
この人はボクなんか
よりたくさんのこと（もの）
が見えている
んだなぁと

春をしる
桜色した
花のよに
いろうつくしく
今を生きよう

花たちは自分の咲く
時をしっている。ぼくも
いつか花が咲かせられる
様に一生懸命毎日を
生きたいな。

歩くこと
こわくなったら
空を見よう
涙の光は
虹をつくるよ

つらい時は家の外に
すらでるのがいやに
なります。そんな日
は少しやすんで空を
見よう
人は涙を見せなきゃ
虹の光にめぐりあえない

雨の日ナンテ
続かナイヨ

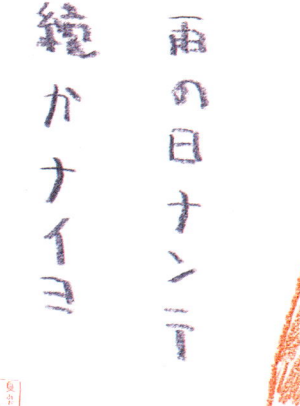

つらい時
笑えることが
本当の
強い心と
優しさなんだよ

どんなにどんなに
つらい時でも涙を
見せず上を向いて
歩いていける。そんな
人こそ強い人です。

力だけでは、
人は守れないよ。

郵 便 は が き

料金受取人払

新宿局承認

2407

差出有効期間
平成18年10月
31日まで

（切手不要）

1 6 0 - 8 7 9 1

8 4 3

東京都新宿区新宿1－10－1

（株） 文芸社

ご愛読者カード係 行

ふりがな お名前			明治　大正 昭和　平成	年生　　歳
ふりがな ご住所	□□□-□□□□			性別 男・女
お電話 番　号	（書籍ご注文の際に必要です）	ご職業		
E-mail				
書　名				
お買上 書　店	都道 府県　　　　市区 郡	書店名	書店	
		ご購入日	年　　月　　日	

本書をお買い求めになった動機は?

1. 書店店頭で見て　2. 知人にすすめられて　3. ホームページを見て

4. 広告、記事（新聞、雑誌、ポスター等）を見て（新聞、雑誌名　　　　）

上の質問に 1. と答えられた方でご購入の決め手となったのは?

1. タイトル　2. 著者　3. 内容　4. カバーデザイン　5. 帯　6. その他（　　　　）

ご購読雑誌（複数可）	ご購読新聞 新聞

文芸社の本をお買い求めいただき誠にありがとうございます。この愛読者カードは今後の小社出版の企画及びイベント等の資料として役立たせていただきます。

本書についてのご意見、ご感想をお聞かせください。

①内容について

②カバー、タイトル、帯について

小社、及び小社刊行物に対するご意見、ご感想をお聞かせください。

最近読んでおもしろかった本やこれから読んでみたい本をお教えください。

今後、とりあげてほしいテーマや最近興味を持ったニュースをお教えください。

ご自分の研究成果やお考えを出版してみたいというお気持ちはありますか。

ある　　ない　　内容・テーマ（　　　　　　　　　　　　　　　　）

「ある」場合、小社から出版のご案内を希望されますか。

する　　しない

ご協力ありがとうございました。

※お寄せいただいたご意見、ご感想は新聞広告等で匿名にて使わせていただくことがあります。

〈ブックサービス株式会社のご案内〉

小社書籍の直接販売を料金着払いの宅急便サービス（ブックサービス）にて承っております。ご購入希望がございましたら下の欄に書名と冊数をお書きの上ご返送ください。

●送料⇒無料●お支払方法⇒①代金引換の場合のみ代引手数料¥210（税込）がかかります。②クレジットカードの場合、代引手数料も無料。但し、使用できるカードのご確認やカードNo.が必要になりますので、直接ブックサービス（0120-29-9625）へお申し込みください。

ご注文書名	冊数	ご注文書名	冊数

いつまでも
さめないように
この気持ち
まほうのビンに
しまっておこうね

あたたかい
気持ちがさめない
様にするトコロ《（ココロ）》。
皆まほうビンを
もってます。

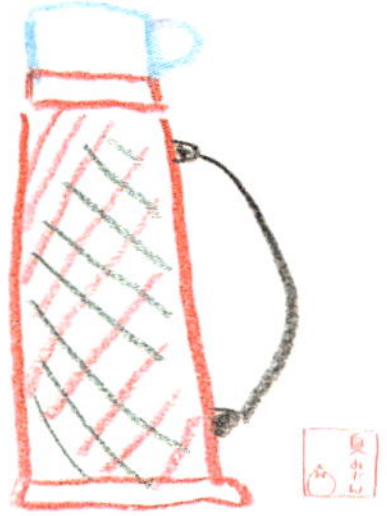

※おとすとわれちゃうよ。どうか大切に。

灰色の
ケムリや言葉に
負けないで
変わらぬ空の
青でありたい

人も空も
心ない言葉やえんとつ
のケムリで傷つけら
れる時がたくさんあ
ります。だけどそん
なのに負けないで
素直な自分の色で
いたいものです。

あいそよく
二つならんだ
おじぎそう
そんなふうに
生きてゆこうね

ボク達は特にキレイ
な色を持っている花
じゃないけれど、いつまで
も二人並んで人々を
なごます様なそんな
そんざいでありたいね。

あいらしくね。

この街の
小さな恋の
物語
ぼくのとなりの
あなたがヒロイン

ボクと一緒に
世界中でたった一つの
恋物語をつくろうよ。

「おはよう」の
君の笑顔が
見えたから
今日も感じる
朝のぬくもり

目覚ましの電子音より
あなたは優しく
おこしてくれる。
だから朝をおだやかに
むかえられるんだよ。

傷ついた
あなたの心に
手をあてる
どんな痛みも
ボクがいやそう

手あてという言葉は
傷口に手をあてて
なおすといったところ
からついたそうです。
ボクはあなたの外見は
もちろん、心の中の傷を
いやしてあげたい。

心から
生きてることを
喜びたい
今日はあなたの
生まれた記念日

自分が生まれた日は
もちろん、大切な人が
生まれた日なんて
とてもうれしい。その時
を一緒にむかえること
ができて幸せです。

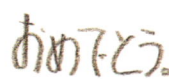

さびしいと
あなたの涙の
ひとつぶが
ぼくにとっては
かがやく宝石

こんなボクだけど
「いないとさみしい」
と涙をながしてくれる。
そんなあなたの想いが
ぼくにとっては宝物です。

まどの外
あなたと花の
歌声が
かすかに聞こえ
ほのかにねむれる

ベランダで大好きな
歌を口ずさみながら
花を植えているあの子。
まるで花と話をしている
様にも見えた。そんな
あなたが大好きです。

毎日が
こんなに笑って
過ぎるなら
あなたのそばで
生きてゆきたい

あなたと一緒にいると楽しくて時がたつのがとても早く感じます。だからこのままずっと一緒に過ごしていきたいです。

あなたと出会って
どれくらい
だろう？

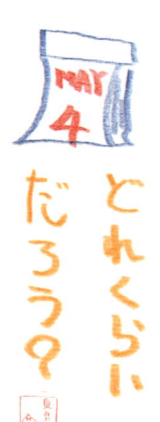

二人分
服も買うのも
夢さえも
これから二人
生きてゆこうよ

あなたと生きてゆく
ことをきめたから、
これからは同じものを
二つそろえようね。

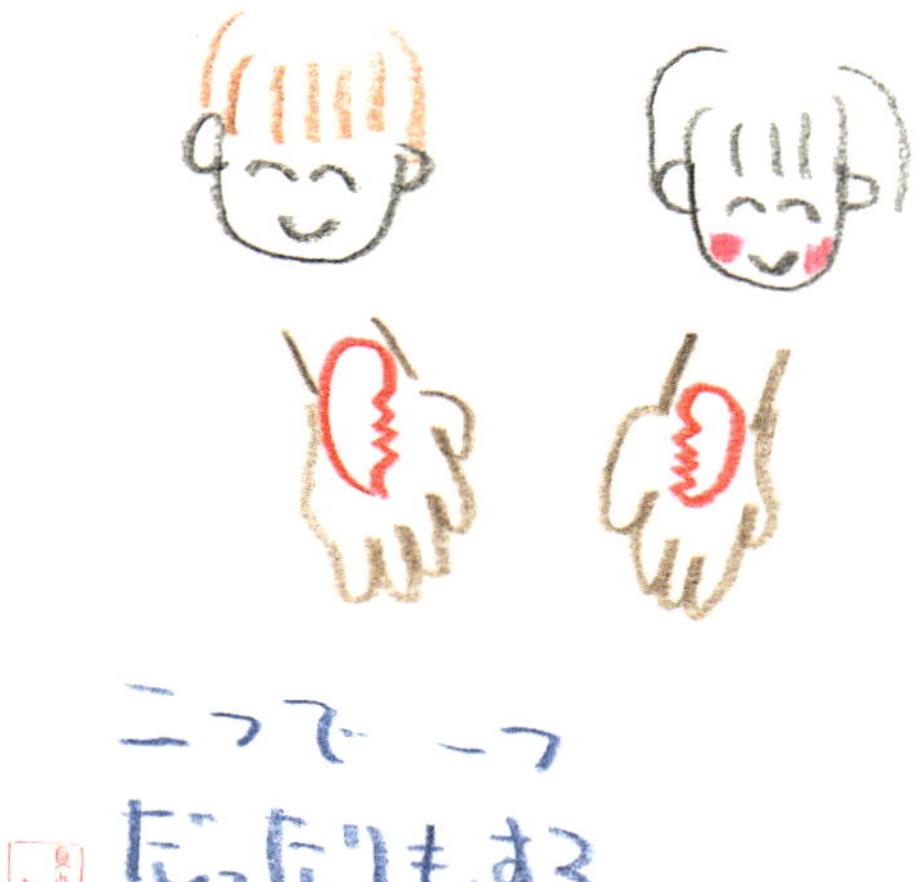

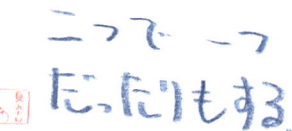

次にまた
生まれ変わった
世界でも
あなたと出会い
生きてゆきたい

あるおばあさん
から聞いた話です。
ボクもあなたの
ことをそれほど
想って生きたいです。

ボクもそれぐらい
想ってるよ

君のこと

あとがき

最後のページは白紙になっています。

あなたから大切な人への歌を創ってください。ボクなんかのものよりきっとすばらしいものができると思います。それは、あなたがその人のことを一番よくしっていますし、なにより深く思っているからです。あなたが一生懸命指おり数えて作った姿は、大切な人にきっととどくと思います。

著者プロフィール

夏みかん

本名：長田　裕喜（ながた　ひろき）

２月19日生まれ。A型。

兵庫県で生まれ、現在は念願の北海道での生活をおくる。「ユメミルチカラ」を信じ、ただ今奮闘中。

この本を読んでくださった方に、Special Thanksをおくります。ありがとうございます。

HP：WWW.natumikan.jp

SHORT SONG

2000年12月１日　初版第１刷発行
2004年11月10日　初版第２刷発行
著　者　夏みかん
発行者　瓜谷 綱延
発行所　株式会社文芸社
〒160-0022　東京都新宿区新宿1-10-1
電話 03-5369-3060（編集）
03-5369-2299（販売）

印刷所　東銀座印刷出版株式会社

ISBN4-8355-1000-3 C0092